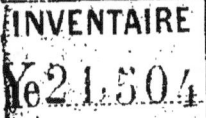
J. ERNAULT

LES PRÉLUDES

POÉSIES

To be or not to be.

SHAKESPEARE.

ODES ET ÉLÉGIES

ROMANCES ET CHANSONS

POÉSIES DIVERSES

PARIS

GARNIER FRÈRES, LIBRAIRES

RUE DES SAINTS-PÈRES, 6

—

1863

LES PRÉLUDES

PARIS. — IMPRIMERIE DE J. CLAYE

RUE SAINT-BENOIT, 7

J. ERNAULT

—

LES PRÉLUDES

POÉSIES

> To be or not to be.
>
> SHAKESPEARE.

ODES ET ÉLÉGIES

ROMANCES ET CHANSONS

POÉSIES DIVERSES

PARIS

GARNIER FRÈRES, LIBRAIRES

RUE DES SAINTS-PÈRES, 6

—

1863

Au moment où je publie ces essais, je n'imiterai pas les auteurs qui, lorsqu'ils font paraître leurs productions, se plaignent de l'indifférence du public pour la poésie en général et pour leurs œuvres en particulier. Je crois qu'un peuple ne peut devenir indifférent aux belles œuvres de l'imagination, ni s'en lasser jamais.

Qu'est-ce, en effet, que la poésie? On peut lui appliquer ce mot d'un poëte :

C'est proprement un charme,...

un enchantement. Or comment serait-il possible que l'on se dégoûtât d'une chose enchanteresse? Se lasse-t-on des chefs-d'œuvre de la musique, de la peinture, de la statuaire? Si donc beaucoup de recueils de vers passent inaperçus, la faute, à mon avis, en est à leurs auteurs eux-mêmes, et non pas au public ni à sa prétendue indifférence.

Quel poëte de talent est resté sans admirateurs? Mais comment le public pourrait-il s'intéresser à des œuvres sans originalité, que le souffle poétique n'anime point, qui n'ont certes rien d'enchanteur, et où on ne sent à aucune page empreinte la main du maître?

Si donc ces vers ne doivent trouver aucune sympathie, je ne m'en plaindrai point, et, au lieu d'accuser le public, je ne m'en prendrai qu'à ma propre insuffisance. Pour me résumer à cet égard, je dirai : je crois que, s'il y a quelque chose de poétique dans cet ouvrage, cette goutte de poésie embaumera ce livre et le gardera de l'oubli ; sinon, qu'importe qu'il y tombe?

LES PRÉLUDES

LA MUSE DU SOUVENIR.

A M. VIDAL, PEINTRE.

> Muses, vous savez tout, vous, Déesses; et nous,
> Mortels, ne savons rien qui ne vienne de vous.
>
> A. CHÉNIER.

Sur son bras arrondi son front s'incline et penche;
Comme l'oiseau posé qui fait courber la branche,
Un penser généreux sur lui s'est abattu :
O Muse ! redis-nous, Muse de la mémoire,
Tes doux songes d'amour, tes beaux songes de gloire,
  Muse, à quoi rêves-tu ?

I

Oh ! s'égarer à deux dans les bois, sur la mousse,
Quand le printemps renaît et que la brise est douce,
Et des lilas nouveaux exhale les senteurs;

Dans l'air, autour de vous, quand tout bourdonne et chante :
L'insecte, les oiseaux, l'abeille vigilante,
         Et l'amour dans vos cœurs !

Et recevoir enfin de sa jeune maîtresse
Avec un tendre aveu la première caresse,
Lorsque les yeux au ciel, et vous donnant sa foi,
Dans votre main laissant sa douce main posée,
Bien avant d'être épouse et d'âme et de pensée,
         Elle est à vous,... à toi !

Dans la valse emporter la vierge qu'on désire,
Admirer sa beauté, sa grâce, son sourire,
Ses cheveux parfumés dont vous êtes épris ;
Son souffle qu'un moment accroît et précipite ;
Et, sous la gaze amie, un beau sein qui s'agite,
         Comme un oiseau surpris !

Et cette enfant qu'on n'eût jamais osé naguère
Toucher du bout du doigt, sous les yeux de sa mère,
Dans le gai tourbillon, avec elle, ô bonheur !
S'envoler ; et ce mot, qu'on n'ose pas lui dire,
Le lui parler du moins des regards, du sourire,
         Le lui crier du cœur !

II

Avoir été sublime ; avoir eu, dans sa vie,
Un jour de dévoûment que l'ange vous envie,
Pour sauver un enfant,
S'être précipité dans l'onde, dans la flamme,
Avoir contre la mort lutté ; puis, de l'infâme,
Revenu triomphant,

Avoir, entre les bras de sa mère qui pleure
Posant son fils sauvé, regagné sa demeure
Sans attendre un merci ;
Et lorsqu'on voit l'enfant qui par vous seul respire,
Pouvoir avec orgueil le contempler et dire :
Je suis sa mère aussi !

Avoir été néant, puis un soir, au théâtre,
Par une œuvre, enchanter un public idolâtre,
Qui vous acclame roi ;
Enivré de bravos, par une nuit sans voile,
Courbant son front de peur qu'il ne heurte une étoile,
Être monté chez soi !

Avoir vaincu cent fois, mis tout obstacle en poudre,
Brillé comme l'éclair, frappé comme la foudre;
      Avoir, sous son talon,
Foulé ses ennemis et fait trembler la terre;
Aux siens avoir légué sa gloire héréditaire,
      A l'avenir son nom !

Avoir été le bras par qui la tyrannie
A vu briser son glaive et dompter sa furie,
      Un Moïse sauveur,
Qui redresse son peuple assis dans la poussière,
Et sur son sein l'appuie, et relève de terre
      Et son front et son cœur !

S'être immolé pour tous : un jour que, dans la ville,
Atroce sévissait une guerre civile,
      Moderne Décius,
Pour un peuple égaré, criminel, en démence,
Avoir donné sa vie et mis dans la balance
      Son sang et ses vertus !

Pour porter l'Évangile à la race infidèle
Avoir tout délaissé; dévoré d'un saint zèle,
      Fui tout bonheur mortel;

Et, conquérant enfin la mort où l'on aspire,

Ensemble remporter la palme du martyre

    Et la gloire du ciel !

Muse, poursuis en paix, ô muse aux seins d'ivoire !

Tes doux songes d'amour, tes beaux songes de gloire,

Mortels, en approchant, assourdissez vos pas ;

Des brillants souvenirs qui peuplent sa mémoire,

    Oh ! ne l'éveillez pas !

LES NOYÉS.

ÉLÉGIE.

> Embaume de tes fleurs la fille morte,
> O Muse !...
> > H. MOREAU.
>
> Heu ! miserande puer... !
> > VIRGILE.

Elle était jeune et blonde, et belle comme un rêve ;

Sur un rocher désert, sis au loin sur la grève,

Avec son fiancé, comme elle adolescent,

Elle parlait d'amour, d'avenir séduisant,

Et du jour tant heureux où le doux hyménée
Au sort de son amant joindrait sa destinée,
Où l'oranger en fleur ornerait ses cheveux,
Où le voile posé sur son front gracieux
Cacherait aux regards sa pudeur rougissante;
Lorsque, posant le pied sur la roche glissante,
Elle tombe éperdue et roule dans les flots,
Et ce cri du rocher attendrit les échos :

« Au secours!... au secours!... Fernand, le flot m'entraîne!
Mourir si jeune, hélas! au printemps de mes jours :
Mon Dieu!... pitié!... Ma mère!... Ah! je respire à peine :
        Au secours!... au secours!...

— A toi... je suis à toi; ne crains point, — prends courage.»
Précipité soudain, il s'élance à la nage,
Fend l'onde, et, tout joyeux, ramène vers le bord
Anna, son cher amour, sa vie et son trésor,
Quand de sa douce proie une vague jalouse
Fond sur eux, les inonde et sépare l'épouse
De l'amant qui l'adore, et qui, tout éperdu,
Respire et plonge après tout son bonheur perdu.
Elle, insensée alors, de sa main convulsive,
Le saisit, rendant vain l'effort qu'elle captive,

L'enchaîne de ses bras expirants et glacés.....
Et le flot ballotta leurs corps entrelacés.

Être pleins d'avenir, avoir vingt ans à peine,
Être riches et beaux, ignorer toute peine,
S'aimer et se le dire, à l'horizon prochain
Voir ses rêves d'amour couronnés par l'hymen :
Et puis sentir la Mort qui, de sa main impie,
Vous brise entre les dents la coupe de la vie,
Quand elle est pleine encore et de miel et de vin :
O malheureux amants!... déplorable destin!...

Sur le rocher témoin de la fin désastreuse
De nos jeunes amants, une mère pieuse
Fit planter de la croix le céleste étendard,
Pour que le nautonnier qui passe par hasard
Et chante insoucieux, averti par ce signe,
Se taise et saintement se découvre et se signe,
Et, songeant à tous ceux que la mer a glacés,
Accorde une prière aux tristes fiancés;
Pour que la foi triomphe où vainquit la souffrance;
Pour qu'un symbole saint, d'immortelle espérance,
Domine ce rocher au flanc lugubre et noir,
Qu'émut un jour ce cri de mortel désespoir :

Au secours !... au secours !... Fernand, le flot m'entraîne !
Mourir si jeune, hélas ! au printemps de mes jours :
Mon Dieu ! pitié !... Ma mère !... Ah ! je respire à peine :
    Au secours ! au secours !

LA FIANCÉE DU MARIN.

ROMANCE.

La mer gronde en furie;
Oh ! veillez sur ses jours,
Sainte Vierge Marie,
Protégez nos amours !...
Souvenez-vous, Marie,
Que le cœur qui vous prie
A besoin d'obtenir :
Que ferais-je sur terre,
Si mon fiancé Pierre,
N'allait plus revenir ?

Souvenez-vous, ô Vierge !
Qu'à son départ un cierge

Brûlait en votre honneur,
Lorsque nos cœurs fidèles,
Sous l'ombre de vos ailes
Ont mis notre bonheur !

Souvenez-vous, ô Mère !
Que mon fiancé Pierre
Est en proie au courroux
Des vents et de l'orage :
Calmez leur sombre rage,
Ayez pitié de nous !

Souvenez-vous, ô Reine
De la mer souveraine !
Qu'à votre ordre, en tout lieu,
Les tempêtes fléchissent,
Et les flots obéissent,
Comme à la voix de Dieu !

LA COQUETTE.

ROMANCE.

Oui, je suis coquette,
Et n'en rougis pas :
Quand on est jeunette,
Jolie et bien faite,
D'être un peu coquette
Est-ce un crime, hélas?
Non, non pas, non pas!
Et mainte fillette
Bien prude et discrète,
Moi qui suis coquette,
Non, ne me vaut pas!

L'on dit de moi : « Laure est belle,
Mais, dieux! qu'elle le sait bien! »
Eh! vraiment quelle est donc celle
Qui plaît et qui n'en sait rien?
Connaître qu'on est jolie,
Voyez donc le beau secret,

Quand un miroir indiscret
Chaque jour vous le confie !

L'on dit qu'à la promenade
J'aime à lancer trop souvent
Et la langoureuse œillade
Et le regard provoquant :
Peut-on blâmer que je fasse,
De temps en temps, par hasard,
L'aumône d'un doux regard
Au pauvre... amoureux qui passe ?

Je me plais, dit-on, à rire
Avec maint adorateur,
De mes dents pour qu'on admire
L'éblouissante blancheur :
Ces propos sont des folies,
Car la femme, à ses galants,
Doit surtout montrer les dents...
Alors qu'elles sont jolies !

Dans les bals et dans les fêtes,
Les cœurs volent sur mes pas;
De faire tant de conquêtes

Si je suis coupable, hélas!

Ah! pardonnez-moi, de grâce,

Mes succès trop éclatants :

La faute est à mes seize ans,

Le crime à ma bonne grâce!

———

LE CAPTIF.

ÉLÉGIE.

> Mourir sans vider mon carquois,
> Sans percer, sans fouler, sans pétrir dans leur fange
> Ces bourreaux barbouilleurs de lois,
> Ces tyrans effrontés de la France asservie,
> Égorgée!..
> A. CHÉNIER.

Mes amis, vous pleurez et je vais à la mort :

Oh! pourquoi plaindre ainsi ma jeunesse et mon sort,

Lorsque, veuf de toute espérance,

Captif, je languissais en un cachot étroit,

Attendant, mais en vain, le jour heureux qui doit

Finir les malheurs de la France?

De la France tombée aux mains de ces pervers,
Régicides démons vomis par les enfers,

    Troupe exécrable, impie,

Qui, pour que tous les fronts fussent à leur niveau,
Voudraient, sous le tranchant de leur hideux couteau,

    Tuer la vertu, le génie!

Le génie!... oh! le ciel ne me l'avait point fait,
Ce magnifique don si rare et si parfait

    Du génie aux flammes si belles;

Mais en moi, quand grondait l'enthousiasme ardent,
Dans mon âme parfois du feu sacré pourtant

    Brillaient comme des étincelles.

Amis, que Dieu vous garde! et vivez; et parfois
A mon cruel destin songez, et quelquefois

    Rappelez à votre mémoire

Et nos doux entretiens au foyer des hivers,
Mes rêves d'avenir, nos projets, et mes vers,

    Et mon nom promis à la gloire.

O mes chères amours! Camille, mon doux bien,
Ici-bas plus que toi je ne regrette rien,

    Plus que ton gracieux sourire;

Tes suaves baisers, ô ma jeune beauté !
A qui j'avais promis gloire, immortalité,
     Et que je chantais sur ma lyre.

Oh ! si... mais à quoi bon des regrets superflus ?
De grâce, mes amis, quand je ne serai plus,
     A cette enfant pleine de charmes,
Pour dernier souvenir de son premier amant,
Portez quelque tissu, tout baigné de mon sang.
     Pour qu'il soit lavé dans ses larmes !

Ma mort... oh ! oui, Camille, un temps la pleurera ;
Puis son cœur inconstant bien vite l'oublîra.
     Mais ma mère,... ma pauvre mère !
Pour son âme, quel deuil ! j'y songe avec effroi :
Mon Dieu ! prends pitié d'elle ; ô mon Dieu ! souviens-toi
     De sa douleur immense, amère.

Naguère, quand l'automne effeuillait dans les bois
Les arbres et les fleurs, combien mes yeux de fois
     Vous envièrent, hirondelles !
Mon âme, que soudain un rêve consolait,
Vers des mondes meilleurs, comme vous, s'envolait
     En déployant ses blanches ailes !

J'eusse avec vous voulu, fuyant loin de ce bord,
Où grondent les autans; où les coups de la mort
     Moissonnent les fronts avec rage,
Attendre le printemps d'un moins sombre avenir,
Et puis, dans la patrie, avec vous revenir·
     Après l'hiver, après l'orage.

Et dire que ces loups, hurlant la liberté,
Nous égorgent au nom de la fraternité,
     Atroce et sauvage ironie!...
Et qu'il leur faut leur nombre aujourd'hui, puis demain,
De têtes à couper, à ces héros, afin
     Qu'ils puissent sauver la patrie!

Encore un peu de temps! il vient, cet heureux jour
Où tous ces vils bourreaux auront aussi leur tour,
     Où cette hydre de l'anarchie
Sera domptée enfin par un guerrier fameux,
Qui, sur son front posant un pied victorieux,
     Écrasera sa tête impie.

Hâtez-vous, jour heureux! brillez, soleil si beau!
Où, comme de l'horreur d'un funèbre tombeau,
     Doit ressusciter notre France;

Où seul sur l'échafaud le crime doit périr ;
Que vous verrez, amis : c'est moi, qui vais mourir,
    Qui vous lègue cette espérance.

Ils m'appellent... adieu ! — Seigneur, Dieu tout-puissant,
Ces tigres n'ont-ils donc pas assez bu de sang,
    Assez dévoré de victimes ?
Ta patience, ô Dieu ! n'a-t-elle point de fin ?...
Du moins, par mon trépas, fais déborder enfin
    La coupe pleine de leurs crimes !...

MÈRE D'UN ANGE.

ÉLÉGIE.

Vous êtes la mère d'un ange,
Oh ! madame, consolez-vous ;
De son bonheur pur, sans mélange,
Que vos pleurs ne soient pas jaloux :
Pauvre mère, consolez-vous !

Que son sort est digne d'envie !
Des amertumes de la vie

Son cœur n'a point connu le fiel;
Et son âme, ici-bas captive,
Douce colombe fugitive,
A pris son essor vers le ciel!

Aux cieux, de cette vie amère,
Pas même vos baisers de mère,
Votre fils ne regrette rien :
Il est brillant comme une étoile;
Il voit face à face et sans voile
Dieu même, le souverain bien.

Il s'enivre de l'harmonie
Ineffable dont est remplie
La harpe d'or des Séraphins;
Et sa voix enfantine et pure
Se mêle, ainsi qu'un doux murmure,
Aux chœurs joyeux des Chérubins.

Si nous voyions votre allégresse,
Vos chants de bonheur et d'ivresse,
Enfants que couronna la mort,
Nous loûrions la main paternelle
De Dieu guidant votre nacelle,
Sans orage, au céleste port!

LA VIEILLE FILLE.

CHANSON.

Revenez jeunesse, jeunesse ;
Revenez, amants d'autrefois !

Je vois, hélas ! avec tristesse,
De moi s'approcher la vieillesse :
Revenez, etc.

De moi s'approcher la vieillesse,
Chacun à présent me délaisse :
Revenez, etc.

Chacun à présent me délaisse,
Qu'à me plaire encor l'on s'empresse :
Revenez, etc.

Qu'à me plaire encor l'on s'empresse,
Qu'on me parle encor de tendresse :
Revenez, etc.

Qu'on me parle encor de tendresse,
Je serai bonne sans faiblesse :
Revenez, etc.

Je serai bonne sans faiblesse,
Me marîrai, j'en fais promesse :
Revenez, etc.

Me marîrai, j'en fais promesse,
Femme, j'aurai bonheur, richesse
Revenez, etc.

Femme, j'aurai bonheur, richesse,
Et si Dieu m'en fait la largesse :
Revenez, etc.

Et si Dieu m'en fait la largesse,
De bons enfants dans ma vieillesse :
Revenez, etc.

LE GASCON DANS L'EMBARRAS.

C'est près de vous que j'aimerais à vivre,
Et près de vous que je voudrais mourir
Car votre aspect me séduit et m'enivre,
Il me ravit. Un amoureux désir,
Lorsqu'on vous voit, s'empare de notre âme,
Et l'on se dit : Heureux qui vous aura pour femme !

Pour votre fête, ô mon amie !

Que vous offrir?... Des fleurs... hélas !

Je n'en ai point; par les frimas

La terre à cette heure est durcie :

Les fleurs sont mortes à présent.

Pourtant je voudrais bien vous faire

Quelque riche ou joli présent :

Mais comment me tirer d'affaire,

Mordiou ! quand j'ai, triste indigent,

Autant d'amour que peu d'argent?

Il me reste mon cœur, prenez-le, je vous prie.

Mon cœur ! pauvre de moi ! que dis-je? infortuné,

Il ne me reste plus; tron de l'air ! et j'oublie

Que, depuis plus d'un an, je vous l'ai tout donné.

ÉPITAPHE

MISE SUR LE TOMBEAU D'UNE ENFANT.

Ange à cette heure, hier enfant,
Au ciel, à l'abri des alarmes,
A toi le bonheur à présent;
A tes pauvres parents, les larmes!

———

LOUISA.

ÉLÉGIE.

ENVOI.

Vous que j'ai tant aimée et par qui je soupire,
Mon cœur n'a contre vous ni rancune ni fiel,
Et je ne vous écris ces mots que pour vous dire :
Adieu sur cette terre ;... au revoir, dans le ciel!

Sur son tombeau croissez, ô roses blanches!
Magnolier, embaume et reverdis;
Et quelquefois, dérobé sous leurs branches,
Viens y chanter, oiseau de paradis!

I

« Ma mère, quel bonheur! ce soir, à cette fête,
Combien je vais danser!... vite, que l'on m'apprête;
Vois, ce camélia posé dans mes cheveux
Fait-il bien?... et ma robe?... et ces rubans?... Je veux
Qu'à mon entrée au bal, où le plaisir m'appelle,
Chacun se retournant se dise : Qu'elle est belle!...

Elle était grande et brune; elle avait dix-sept ans :
Elle aimait le plaisir, le bal, les airs dansants,
Et le rire et la joie. Aimable et gracieuse,
Elle égayait le cœur à la voir si joyeuse;
Sa gaîté paraissait défier le malheur.
Elle était fiancée à l'ami de son cœur :
Attendez quelques mois, viennent Pâques fleuries,
Le ciel les bénira, leurs mains seront unies,
Ses rêves de bonheur et de constant amour
Seront alors comblés. En espérant ce jour
Elle chante, elle rit. — Mais un bruit ridicule
Par la ville soudain se répand et circule.
On dit (faut-il qu'il soit des esprits malveillants,
Pour faire ainsi courir des bruits faux et méchants!),

On dit que son amant, infidèle et perfide,

Dédaignant Louisa, honteusement avide,

Lui préfère une femme et laide et sans esprit,

Parce qu'elle est plus riche. Elle d'abord en rit,

S'en amuse beaucoup. Bientôt désabusée,

Pour une riche dot se voyant délaissée,

Le cœur lui défaillit : « Oh! moi qui l'aimais tant,

M'avoir ainsi trahie! Oh! quel indigne amant!

Eh quoi donc! la beauté, la grâce, la jeunesse,

Valent moins, à ses yeux, qu'un peu plus de richesse?

Vraiment je me turais, si je n'avais la foi,

Car c'est affreux, mon Dieu! Tu ne trahis pas, toi,

Divin crucifié : que ta sainte parole,

Dans cet affreux revers, me charme et me console :

Viens et parle à mon cœur; mon cœur obéira..... »

Et prenant l'Évangile elle lut et pleura.

Elle lut, et bientôt la parole sacrée

Fut un baume salubre à son âme ulcérée;

Et du livre divin, ami, consolateur,

Sortit comme une voix qui parlait à son cœur.

II

O jeune fille à l'âme aimante!
Pleure sur tes tristes amours;
Puis relève-toi, confiante
En Dieu d'où nous vient tout secours.
Dédaigne un bonheur éphémère;
Non, tous les amours de la terre
Ne sont pas dignes de ton cœur :
Méprise les plaisirs qui passent,
Pour ces biens qui jamais ne lassent,
Car en Dieu seul est le bonheur.

Sa main aujourd'hui t'humilie :
Courbe la tête sous sa main :
Si c'est sa volonté bénie,
Il la relèvera demain.
Quand Dieu veut épurer une âme,
Il la fait passer à la flamme
Par le creuset de la douleur :
Semblable au charbon d'Isaïe,
La douleur aussi purifie
Et nous rend dignes du Seigneur!

Que cet amour commun, vulgaire,
Dont ton cœur était consumé,
S'étende à tout ce qui sur terre
Souffre et gémit sans être aimé.
Plus on est grand et plus on aime;
Le cœur étroit s'aime lui-même,
L'égoïste est sans charité :
(Fuis l'égoïsme, ô jeune fille!)
Les bons cœurs aiment la famille,
Et les grands cœurs, l'humanité!

Heureuse la vierge fervente
Qui mérita, par sa candeur,
De devenir l'humble servante
Et des pauvres et du Seigneur!
Quand chez l'indigent elle monte,
·Un ange la regarde et compte,
Du ciel, tous les pas qu'elle a faits;
Et sa page au livre de vie,
Blanche de fautes, n'est remplie
Que du nombre de ses bienfaits.

Au pauvre qui souffre elle donne
Et tout son or et tout son cœur;

La chasteté, c'est sa couronne,

L'obéissance son bonheur,

Et la pauvreté volontaire,

Le seul bien qu'elle veut sur terre

De tous les biens qu'elle a reçus;

Comme un lis, au suave arome,

Son âme doucement embaume

La bonne odeur de ses vertus !

Quand elle paraît, l'indigence

Oublie et ses maux et sa faim,

Sa vue apaise la souffrance

Et fait les pleurs sécher soudain.

Sa voix console et fortifie,

Elle parle de l'autre vie

Aux cœurs délaissés et souffrants;

De la charité, sainte fille,

Les malheureux sont sa famille,

Et les orphelins ses enfants !

Et quand sa journée est finie,

Quand elle a, par un dur labeur,

Labouré de sa main bénie

La sainte vigne du Seigneur,

Le divin Époux de son âme
L'appelle vers lui, la réclame,
Un ange lui ferme les yeux.
Longtemps, ô terre! tu la pleures;
Le ciel la fête en ses demeures :
Deuil ici-bas, et joie aux cieux!

Semblable à la vierge prudente,
Elle a conservé dans sa main,
Toujours allumée et brûlante,
La lampe de l'amour divin.
Dieu même sera son partage,
Car pour le céleste héritage
Elle a quitté tout ici-bas :
Anges, chantez, troupe immortelle,
Saints, fêtez votre sœur nouvelle;
Semez des roses sur ses pas !

Si Dieu, par grâce singulière,
T'appelle à ces heureux destins,
A lui donne-toi tout entière,
Avec bonheur suis ses desseins.
Sache immoler tout pour les suivre :
Tes goûts, ton désir de bien vivre,

Et tous les penchants de ton cœur ;

Quitter tes parents, ta patrie,

Et répondre comme Marie :

Voici la servante au Seigneur !

III

Et depuis ce moment, modeste et recueillie,

Quittant sa gaîté folle et son étourderie,

On la vit déserter tous les mondains plaisirs,

En de pieux travaux consumer ses loisirs,

Et faire des vertus, qui seront son partage,

Durant trois ans entiers le saint apprentissage ;

Puis s'arracher des bras de ses parents en pleurs,

Méprisant pour Jésus la vie et ses douceurs,

Et, soldat généreux, dans les saintes milices

Des vierges du Seigneur s'enrôler. Ses délices

Sont de se dévouer pour les pauvres. Le jour

Où l'on fait un appel à son cœur plein d'amour,

Elle quitte aussitôt, d'un saint zèle animée,

Pour de lointains climats sa France bien aimée,

Et, de ses chastes mains, en pansant la douleur,

Comme un soldat vaillant qui tombe au champ d'honneur,

Elle meurt. Et ses os, que la terre réclame,

Reposent loin des siens, de son pays ; son âme,

Au ciel, le lieu divin du commun rendez-vous :

Doux ange du bon Dieu, priez-le bien pour nous !

Sur son tombeau croissez, ô roses blanches !

Magnolier, embaume et reverdis ;

Et quelquefois, dérobé sous leurs branches,

Viens y chanter, oiseau de paradis !

———

BLONDINE.

ROMANCE.

ENVOI.

Au bonheur tout mortel aspire :
L'un le cherche dans les honneurs,
Beaucoup dans l'or ou les grandeurs,
Et pourtant mon cœur ne soupire
Rien qu'après un tendre retour :
Toujours en vous qui m'êtes chère
Il rêve la nuit et le jour,
N'ayant rien qu'un désir : vous plaire,
Et rien qu'un rêve... votre amour !

Mon cœur amoureux,

Petite blondine

Mignonne et divine,

Mon cœur amoureux,
Toujours, Angéline,
Rêve en tes doux yeux!

Parmi les anges de la terre,
Ange, à mes yeux, le plus divin,
Elle a tout pour séduire et plaire :
Beauté, grâce, esprit de lutin.
Fillette en charmes accomplie,
Nulle autre n'a de plus beaux yeux,
Et rien n'égale l'harmonie
De son doux chant mélodieux!

Avec sa simple robe blanche,
Son petit air de chérubin,
Ah! qu'elle est belle le dimanche
Quand elle va dans le lieu saint!
L'air embaumé garde la trace
Du doux parfum de ses cheveux;
Et l'écolier, quand elle passe,
Mendie un regard de ses yeux!

Il faut la voir quand, à la danse,
Son petit pied rasant le sol,

Joyeusement elle s'élance
Comme l'oiseau qui prend son vol !
A la valse qui tourbillonne,
Heureux qui l'emporte en ses bras,
Et qui presse sa main mignonne,
Et son corps aux chastes appas !

Ah! oui, par sa grâce touchante
Elle charme et ravit le cœur :
D'elle tout plaît..... hormis sa tante,
Dure épine de cette fleur !
Non, le dragon des Hespérides
N'a jamais veillé sur son or
Comme ses parents insipides
Veillent sur ce gentil trésor.

LE VOEU DANS LA TEMPÊTE.

ROMANCE.

ENVOI.

Il faut, pour plaire dans la vie,
Réunir, comme vous, les talents précieux
Et le charme de deux beaux yeux :
N'est pas qui veut aussi jolie,
Et votre esprit fait bien des envieux.

« Notre-Dame de la Garde,

Patronne des matelots,

Que votre grâce nous garde

De la colère des flots !

L'éclair luit, la foudre gronde,

Et la mer avec fureur

Couvre le pont de son onde...

Dans ce moment plein d'horreur

Où la mort nous environne,

Nous avons recours vers vous :

O Vierge, notre patronne !

Nous périssons : sauvez-nous !

Voyez la mort sur nos têtes,

Voyez la mort sous nos pas :

Vierge, reine des tempêtes,

Arrachez-nous au trépas

Par vos bontés tutélaires :

Si ce n'est pour nous, méchants,

A cause au moins de nos mères

Et de nos petits enfants !

Le vent redouble de rage,

Le ciel semble être de feu :

O Vierge ! apaisez l'orage,

Et, nous en faisons le vœu :

A votre sainte chapelle,

Pieds nus, nous porterons tous

Un brick fait sur le modèle

Du nôtre, sauvé par vous ! »

Leur prière humble et fervente,

Fut agréable au Seigneur :

D'un signe, sa main puissante

Des flots calma la fureur,

Et, sur la mer aplanie,

Fit, d'un ciel serein et pur,

En réponse de Marie,

Briller le paisible azur.

Notre-Dame de la Garde,

Patronne des matelots,

Que votre grâce les garde

De la colère des flots !

GALATÉE.

PRIÈRE DE PYGMALION A L'AMOUR.

A M. V. C., ARMATEUR.

O et præsidium, et dulce decus meum !
HORACE.

Amour qu'implore

Mon désespoir,

Mon cœur adore

Ton grand pouvoir ;

Sois-moi propice,

Et daigne enfin

Mettre une fin
A mon supplice !
A mon secours,
Accours, accours !

Vois la statue
Que mon ciseau
Fit demi-nue :
Rien n'est si beau.
J'aime et j'admire
Ses traits charmants,
Et ses seins blancs,
Et son sourire.
A mon secours,
Accours, accours !

Non plus jolie,
Dans les forêts,
Nymphe endormie,
Non, n'a jamais
Posé sur l'herbe
Charmes de lis
Plus accomplis,
Corps plus superbe.

A mon secours
Accours, accours !

Sortant naissante
Du flot amer,
Éblouissante
Fleur de la mer,
Douce immortelle,
Aux yeux surpris,
Seule Cypris
Brilla plus belle.
A mon secours
Accours, accours !

Qu'une étincelle
De tes doux feux,
Tombant sur elle,
Brille en ses yeux ;
A mon amie,
O Dieu d'amour !
Donne en ce jour
L'âme et la vie.
A mon secours,
Accours, accours !

Sous cet ivoire
Fais battre un cœur,
Et mets sa gloire
Dans mon bonheur;
Que, par ta grâce,
Tendre à mes maux,
Pour mes rivaux
Il soit de glace.
A mon secours,
Accours, accours !

Toi dont la flamme,
Dans l'univers,
Pénètre, enflamme,
Cieux, terre et mers;
O Dieu suprême!
Qui, sous tes lois,
Courbe à ta voix
Jupiter même !
A mon secours.
Accours, accours !

Prête l'oreille,
Et fais pour moi

Cette merveille

Digne de toi :

O Dieu sublime !

Bonheur divin ,

Déjà son sein

Vit et s'anime !

A mon secours,

Accours , accours !

Dieux , qu'elle est belle !

D'un doux ciel pur

Dans sa prunelle

Se peint l'azur ;

Le sang colore

De sa rougeur

Sa bouche , fleur

Qui vient d'éclore !

A mon secours,

Accours , accours !

Amour, victoire !

Dieu créateur,

A toi la gloire

De mon bonheur :

De mon génie
La douce enfant
De toi, puissant,
Reçoit la vie !
A mon secours,
Accours, accours !

De mon amante
La blanche main
Reconnaissante,
Chaque matin,
De fleurs nouvelles
Te parera,
Et t'offrira
Deux tourterelles.
A mon secours,
Accours, accours !

FIRST LOVE.

I

Ange, si tu m'aimais, je voudrais pour te plaire
Sortir de mon repos et de l'obscurité;
Je voudrais, à tes pieds de la nature entière
Déposant les trésors, en orner ta beauté.

Oui, de ton jeune amant, vierge, tu serais fière;
Oh ! tu serais heureuse : avec célérité
A tes moindres désirs je saurais satisfaire ;
Je mettrais mon bonheur dans ta félicité.

Doux comme tes baisers, respirant mon délire,
Le monde applaudirait aux accords de ma lyre
(Amour est un grand maître, il peut tout ici-bas),

Et mon nom, des mortels gravés dans la mémoire,
Immortel brillerait tout rayonnant de gloire,
Ange, si tu m'aimais... mais vous ne m'aimez pas.

II

Tes yeux, tes yeux divins, ô mon enchanteresse !
M'ont enivré d'amour, et leur charme vainqueur,
Leurs regards caressants me poursuivent sans cesse :
Ils m'ont rendu distrait, inquiet et rêveur.

D'autres beautés en vain ont brigué ma tendresse ;
Leurs souris les plus doux sont pour moi sans douceur ;
A leurs attraits vantés en rien je m'intéresse :
Toi seule me ravis et règnes dans mon cœur.

Aux autres puisses-tu, de même indifférente,
Pour moi seul être belle, ô mon unique amante !
Car ainsi je vivrais tranquille et sans rivaux.

L'autre soir, dans un bal, en valsant avec elle,
Je me disais : mon Dieu, qui la fîtes si belle,
Est-ce que votre ciel a des anges plus beaux ?

III

Le paisible sommeil, ô ma beauté farouche !
A la clarté du jour avait fermé mes yeux ;

Lorsque soudain je vis se pencher sur ma couche
Le fantôme brillant d'un bel ange des cieux.

Ma main de volupté, sous sa main qui la touche,
Frémit, car il avait tes traits délicieux;
Douce comme un parfum, l'haleine de sa bouche
En effleurant mon front agita mes cheveux.

Et je voulus parler... mais, comme un vain nuage,
La vision s'enfuit. Oh! dis-moi, mon image
Vient-elle point parfois habiter ton sommeil?

Si tu voulais pourtant, ma gracieuse amie,
Ce mensonge serait la vérité chérie :
Ce rêve de bonheur n'aurait pas de réveil !

IV

Doux flambeau de la nuit, ô lune! sois bénie;
Qu'un autre de Vénus chante l'astre vanté :
Moi je préfère à tout de ta lumière amie,
De tes rayons d'argent la suave clarté.

Du rendez-vous d'amour voici l'heure chérie ;
Oh ! pourquoi tardes-tu, mon aimable beauté ?

Souviens-toi du serment qui t'engage et te lie,
Tu le juras hier, ce serment enchanté.

Quand, ta main dans ma main... mais son sexe perfide
Ne se plaît qu'à tromper, de nos pleurs est avide,
Et tandis qu'anxieux l'ingrate me sait là :

Oh ! je lui fais pitié; mon attente insensée
Est pour elle, à cette heure, un sujet de risée :
Sois maudite à jamais, parjure !... la voilà.

V

Oh ! garde ton cœur pur et ta vie innocente,
Ne laisse pas le feu sacré de ton amour
S'éteindre, hélas ! tandis, ô mon unique amante !
Qu'exilé loin de toi, mon âme nuit et jour

Ne songera qu'à toi, qu'à ta grâce charmante,
A l'instant fortuné qui suivra mon retour :
Oh ! si, quand du soleil la lumière expirante
A l'ombre de la nuit a fait place à son tour,

Comme tombé du ciel j'apparais à ta vue,

Telle que tu seras, vole, accours demi-nue,
Ton beau sein frémissant d'ivresse et de bonheur,

Tes blonds cheveux épars sur ta gorge divine,
Comme un lierre s'attache au tronc qui l'avoisine,
M'enlaçant de tes bras, me sceller sur ton cœur !

VI

> Mopso Nisa datur : quid non speremus amantes!
> VIRGILE.

Elle aux bras de cet homme ! oh ! non, mon Eugénie
Est et sera toujours fidèle à son amant ;
De n'aimer que moi seul elle a fait le serment :
Elle aux bras de cet homme ! injure, calomnie !

Oh ! c'est que, voyez-vous, son amour, c'est ma vie :
Amis, si vous saviez quel sourire charmant
M'accueille, et quand je pars quel regard enivrant...
Vous diriez comme moi : cette chose est folie !

Elle aux bras de cet homme ! Est-ce que le vautour
S'unit à la colombe ? est-ce que par amour
La gazelle voudrait du tigre être la femme ?

L'abeille épouse-t-elle un insecte hideux ;

. , ...

. . . .

VII

Oh ! je voudrais mourir ! la divine espérance
Loin de moi s'est enfuie, hélas ! et sans retour.
Le sombre désespoir, comme un cruel vautour,
A fondu sur mon cœur et le ronge en silence.

Doux rêves de bonheur, rêves d'un chaste amour,
Je vous revois encor, mes doux rêves d'enfance :
Je guide vers l'autel la beauté, l'innocence,
Des jours toujours heureux suivent cet heureux jour.

Loin d'un monde jaloux, seul avec Eugénie,
Comme un songe riant passe et s'éteint ma vie :
J'aime et je suis aimé : tel était mon désir.

Hélas ! et cependant un autre la possède,
Un autre, cette idée incessamment m'obsède,
Un autre a ses baisers !... oh ! je voudrais mourir !

VIII

Je l'aimais de l'amour dont on aime les anges,
D'un amour virginal, comme on aime à seize ans :
Je me disais parfois : des divines phalanges
La volonté de Dieu l'exila pour un temps.

Bien souvent, ébloui par ces rêves étranges,
A ses pieds j'eus voulu faire fumer l'encens ;
Offrir à sa beauté de célestes louanges,
Orner ses blonds cheveux des roses du printemps.

Ah ! puissiez-vous toujours ignorer que de larmes
Coûte la trahison de celle dont les charmes,
Dont l'amour est pour nous le plus riche trésor,

Et ne la voir jamais, comme un peuple infidèle
Que Moïse autrefois décima dans son zèle,
Parjure à ses serments, adorer le veau d'or !

IX

Vous souvient-il parfois de vos quinze ans, madame,
Et d'un humble jeune homme à l'œil timide et doux ?

Dans le regard craintif qu'il attachait sur vous
D'un violent amour étincelait la flamme.

Oh ! c'est qu'il vous aimait, et de toute son âme :
Il rêvait que bientôt, devenu votre époux,
Pour lui seul fleurirait votre beauté de femme,
Et qu'il pourrait passer sa vie à vos genoux.

Vous lui dites un jour : « L'églantine embaumée,
Offerte par les mains de la personne aimée,
Garde de son oubli : conservez cette fleur. »

Hélas ! et cependant, en dépit de mes larmes,
Un époux abhorré s'enivre de vos charmes :
Et la rose champêtre est toujours sur mon cœur !

X

Oh ! du premier amour flamme divine et sainte,
Que le temps a soufflée et pour jamais éteinte,
Mais dont le souvenir reste au fond de mon cœur,
Comme à la fleur flétrie un parfum enchanteur,

Du sommeil de l'enfance on sort à ton atteinte,
L'on marche dans la vie avec joie et sans crainte,

L'avenir apparaît brillant, plein de douceur :
Tu fais l'âme rêver à la gloire, au bonheur.

Aussi pure qu'un lis est celle que l'on aime ;
Et l'on voudrait alors, et pour faveur suprême,
Baiser sa blanche main, l'adorer à genoux.

Ainsi je vous aimais, gracieuse Eugénie ;
Ainsi sans murmurer j'aurais donné ma vie
Pour un mot, un regard, pour un baiser de vous !

LA VOISINE.

CHANSON.

ENVOI.

Comme la rose, entre les fleurs,
Brille par ses fraîches couleurs :
O mon aimée ! ainsi tu brilles
Parmi les autres jeunes filles,
Comme la rose entre les fleurs.

Non, vous n'avez, j'imagine,
Jamais rien vu d'aussi beau
Que ma petite voisine.

Que l'on appelle Isabeau.
Elle est blonde, elle est vermeille,
Elle a juste ses seize ans :
Sa joue en fleur est pareille
A la rose du printemps.

Son sourire est plein de charmes,
Tout en elle est gracieux :
Mon cœur a mis bas les armes,
Vaincu par ses jolis yeux.
J'entends sa voix argentine
Fredonner de gais refrains :
Ah ! pourquoi donc, ma voisine,
Ne sommes-nous que voisins ?

Bien souvent à ma fenêtre
Pour l'admirer je me mets ;
Parfois je la vois paraître
A la sienne un instant... mais
A peine l'ai-je aperçue
Que, rougissant de pudeur,
Elle s'enfuit à la vue
De mon œil admirateur.

Sous tes longs cils ton œil brille
Comme un bluet dans les blés ;
Pourquoi fuir, ô jeune fille !
Mes regards émerveillés ?
Pourquoi donc fuir qui t'adore,
Et qui maudit ses destins
Parce que, voisine, encore
Nous ne sommes que voisins ?

Que la Saint-Michel vienne,
J'en jure par mon patron,
Joignant ta main à la mienne,
Je veux te donner mon nom.
Pour ma fête, ô ma divine !
Oui, je veux que sur mon sein
Tu dormes, et que, voisine,
Je ne sois plus ton voisin.

SUR UN GROUPE

REPRÉSENTANT LA MISÈRE ARRÊTANT LE GÉNIE DANS SON ESSOR.

A M. X., STATUAIRE.

I

Sur le front du génie une flamme étincelle ;
Son âme, tout son corps, et ses yeux, et son aile,
Sont tendus vers le ciel ; il a pris son essor :
Déjà son pied divin ne foule plus la terre,
Bientôt il va fournir sa brillante carrière,
     Vainqueur... quelques moments encor.

Quelques moments encore et, dans son vol sublime,
Des gigantesques monts il atteindra la cime ;
Où n'ose se poser le regard d'un mortel,
Il s'assoira fixant l'astre de la lumière.
Mais un démon ricane, en bas, et la misère
     De ses mains retient l'immortel.

C'est elle le démon qui l'enchaîne et l'opprime ;
Qui, de ses bras raidis, avec effort comprime

Le génie en son vol rapide et triomphant :
Et l'âme s'apitoie en voyant le martyre
De ce marbre qui souffre et porte, avec délire,

  Au ciel son regard suppliant !

Oh ! de combien d'esprits aspirant à la gloire
Tu trouvas le symbole et traduisis l'histoire
Dans ce groupe sorti du ciseau créateur !
L'histoire bien ancienne et toujours jeune, ô maître !
· Du génie opprimé, souffrant, hélas ! peut-être

  Celle des larmes de ton cœur !

L'artiste a soif du beau ; la gloire est son amante :
A sa poursuite en vain son âme se tourmente ;
Longtemps, dans son essor, il se sent enchaîné ;
Longtemps contre la faim, la hideuse harpie,
Il combat... jusqu'au jour où de la lutte impie

  Il sort vainqueur et couronné !

II

  L'artiste est fils de Prométhée,
  Que ronge un vautour immortel ;
  Comme lui son âme exaltée

A dérobé le feu du ciel.

Hélas ! de son larcin sublime

Il est puni comme d'un crime,

L'indigence, monstre odieux,

Sur lui, comme sur une proie,

Fond, s'acharne et boit dans la joie

Toutes les larmes de ses yeux !

« En moi respire l'harmonie,

La lyre vibre sous ma main ;

Des doux concerts de mon génie

J'enivrerai le genre humain.

Ah ! qu'il me vienne un auditoire,

De mes accords et de ma gloire

Bientôt le monde sera plein ;

Ma musique est suave et tendre,

Et qui l'entend dirait entendre

La harpe d'or du séraphin ! »

« A moi le pinceau des Apelles,

Le jeu de l'ombre et des couleurs ;

Et que mes toiles immortelles,

Du beau traduisent les splendeurs !

Dans le grand art de la peinture,

Oui, je veux vaincre la nature,
Et triompher de mes rivaux ;
Et que s'ils tombent l'on s'empresse,
Et qu'un monarque un jour se baisse
Pour me relever mes pinceaux ! »

« Au marbre qui vit et s'anime
Sous le travail de mon ciseau,
Ma main, avec amour, imprime
Les formes splendides du beau.
Ici la nymphe vierge et nue
Se débat criante, éperdue,
Aux bras du satyre odieux,
Et là rit la face enfantine
Du jeune pêcheur qui lutine
Le crabe, martyr de ses jeux. »

« Versez, et que le bronze coule
En ruisseaux de feu du fourneau ;
Comme il bouillonne dans son moule,
Il bouillonna dans mon cerveau.
D'un héros la forme mortelle
Renaît agrandie et plus belle,
Il parle aux yeux, il est vivant :

La foule, admirant mon ouvrage,
Du héros ou de son image
Ne sait lequel est le plus grand. »

« Courage, artistes, nobles frères,
Du peuple émerveillez les yeux,
Moi, dans mes souhaits plus sévères,
Je veux quelque chose de mieux.
Venez, venez, âmes d'élite,
A mes plaisirs je vous invite,
Cueillons la poésie en fleur :
A moi les cœurs, à moi les âmes,
Je veux, les brûlant de mes flammes,
Leur faire goûter mon bonheur. »

« Par les chants de mon âme émue,
Si je pouvais charmer, ravir,
Une âme ignorée, inconnue,
Quel doux bonheur !... si l'avenir
A mes vrais accords de poëte
Prêtait l'oreille, et sur ma tête
Posait un laurier glorieux ;
Si l'esprit qui vit de ma vie,

N'était pas de ceux qu'on oublie,
Je me croirais égal aux dieux ! »

Tels sont leurs songes ; la misère
Sur eux posant sa froide main :
« Vous rêvez d'avenir, chimère !
Vous n'aurez pas de lendemain.
La faim va mettre à l'agonie,
Vous, vos rêves, votre génie ;
Glacés sous son souffle inhumain,
Vous vous éteindrez sans mémoire... »
Oh ! gardez-vous bien de le croire,
Persévérez jusqu'à la fin !

Persévérez, esprits sublimes,
En dépit de la pauvreté ;
Vous dont les têtes sont des cimes
Qui dépassent l'humanité.
Persévérez, le ciel vous garde,
Dieu vous soutient et vous regarde,
En lui ne cessez d'espérer ;
Il n'a fait, de sa main bénie,
La lumière ni le génie
Pour s'éteindre avant d'éclairer.

Et nous passons, foule vulgaire,

Heureux de notre obscurité,

Des coups éclatants du tonnerre,

Un humble toit est respecté.

Souvent sur les palais sublimes,

La foudre, amoureuse des cimes,

Tombe en grondant du haut des airs;

Les cieux ont fait ces lois eux-mêmes :

Aux grands bonheurs, les maux extrêmes;

Aux grands succès, les grands revers !

LE RESSUSCITÉ.

ÉLÉGIE.

Voyageur ! voyageur ! quelle est notre folie !
Qui sait combien de morts à chaque heure on oublie,
Des plus chers, des plus beaux ?
Qui peut savoir combien toute douleur s'émousse,
Et combien sur la terre un jour d'herbe qui pousse
Efface de tombeaux !

VICTOR HUGO.

I

Humble clocher de mon village,

Avec ivresse je revois

Ton toit dominant le feuillage ;
Avec bonheur j'entends ta voix.
Sonnes-tu pour quelque baptême ?
Peut-être qu'en ce moment même,
L'amant à la beauté qu'il aime
Donne son cœur avec sa foi,
Et par un doux serment s'engage.
Humble clocher de mon village,
Salut à toi, salut à toi !

Lorsqu'après de longs jours d'absence
Je me retrouve dans ces lieux,
Berceau de mon heureuse enfance,
De pleurs doux et délicieux
Je sens se mouiller ma paupière.
Je vois fumer l'humble chaumière
Où je naquis à la lumière :
Béni sois-tu, modeste toit,
Où s'est écoulé mon jeune âge !
Humble cloche de mon village,
Salut à toi, salut à toi !

Rien n'est changé dans mon village,
Rien n'est changé depuis quinze ans :

Arbres, rochers, maisons, rivage,
Je reconnais jusques aux champs.
Ici je viens finir ma vie,
Près de ma tendre et douce amie,
Sous le beau ciel de ma patrie :
Je suis ton fils; accueille-moi,
Pour toujours j'aborde à ta plage.
Humble clocher de mon village,
Salut à toi, salut à toi !

Ah ! si vivait ma pauvre mère,
Si je pouvais contre mon cœur
La presser... mais, du moins, j'espère
Revoir une amante, une sœur.
O maîtresse pleine de charmes !
Ma bonne sœur, sèche tes larmes,
Ton frère revient, plus d'alarmes;
Tu le crus mort, il était roi,
Roi d'une peuplade sauvage.
Humble clocher de mon village,
Salut à toi, salut à toi !

II

Oh ! oui, ma destinée est une étrange histoire,
Un vrai conte de fée, et c'est à n'y pas croire.
Novice, de ce port, je partis à seize ans,
Emportant pour tout bien les vœux de mes parents,
Et les serments d'amour de mon ange, de celle
Qui jura que toujours elle serait fidèle,
A moi mort ou vivant. Je reviens riche et roi ;
Au prix de quels périls ?... Dieu seul le sait... et moi.
Dieu sait ce qu'en mes jours de vie aventureuse
Je bravai de dangers sur la mer orageuse :
C'est un rude métier, le métier du marin.
La mer parfois est dure, et quand survient le grain,
Quand la foudre du ciel tonne, qu'avec furie
Le vent souffle en tempête, et que le vaisseau crie
Sous les coups redoublés des vagues en courroux,
Ne sait où se fourrer... oui, c'est pitié de nous,
Marins, quand il nous faut, sous les yeux des étoiles,
Monter prendre des ris ou bien carguer des voiles,
Et, sur les mâts perchés, comme l'oiseau des mers,
Suspendus sous le ciel et sur les flots amers,
Disputer notre vie au souffle des tempêtes...

Mais le calme renaît. Veille aux roches secrètes,

Nautonnier; que ton œil, dans la profonde nuit,

Reste ouvert : le danger t'accompagne et te suit,

Comme l'affreux requin qui bondit plein de joie,

Lorsque, vivante ou morte, il lui tombe une proie.

C'est l'incendie à bord allumant son flambeau;

La voie inaperçue où vient s'engouffrer l'eau;

Le courant qui vous porte à la roche ennemie;

L'abordage brutal, qui fait que votre vie,

Dans le gouffre béant, s'éteint sans souvenir,

Et que l'œil de Dieu seul vous aura vu périr.

Tel fut notre destin; — par une nuit sans lune,

Nous voguions, bonne brise, et sans terreur aucune,

La voile sous le vent mollement se gonflait,

Comme un sein maternel que remplit un doux lait.

Couchés sur nos hamacs, que balançaient les vagues,

Les songes nous berçaient de leurs visions vagues,

Et semblaient retracer à nos esprits charmés

Et la douce patrie, et les êtres aimés.

Soudain, un choc affreux,... des cris... oh! quel naufrage!

Quel réveil!... Éperdu, je me sauve à la nage;

Longtemps je m'efforçai d'échapper au trépas,

Mais la fatigue enfin paralysait mes bras,

Et la vague, en passant sur ma tête alourdie,

Allait finir ensemble et mes maux et ma vie.

Soudain, je sens sur l'onde un mât, débris flottant,

Je le saisis; sur lui je monte haletant,

Je respire; et bientôt, sur une mer immense,

Je n'eus, contre la mort, que ce bois pour défense.

De ses premiers rayons le jour dora les cieux;

Sur les flots étendus, au loin, portant les yeux,

Je cherche mes amis, regarde et les appelle;

Ma voix est sans écho. Solitude cruelle!

De mon âme attristée, oh! qui peindra le deuil

Quand, sur la vaste mer, je me retrouvai seul!

Seul, sur la vaste mer, nul secours, rien en vue,

Rien que le ciel et l'eau. Sur une plage nue,

Le reflux me portant, j'abordai demi-mort

Au deuxième matin, et croyais que le sort

Prendrait enfin pitié de moi, de ma misère.

Vain songe, folle erreur! Rive inhospitalière,

Sur tes bords m'attendait le péril le plus grand.

Sans forces, épuisé, de fatigue mourant,

Je demeurai longtemps étendu sur les sables.

Le sommeil me versait ses pavots secourables,

Lorsque d'horribles cris me réveillent: Je voi

Des démons demi-nus dansant autour de moi.

Je me crus le jouet d'un rêve affreux, d'un songe.

A ce moment horrible, à présent, quand je songe,

L'horreur fait mes cheveux se dresser... mais, enfer!

Sous la dent qui la broie a frissonné ma chair.

J'en frémis d'épouvante,... et j'en ris à me tordre :

Sauvages, mes sujets, je vous appris à mordre;

Comme un tigre blessé, je bondis, et mon bras

S'arme d'un casse-tête; et vos fronts, en éclats,

Volent; et la fureur me possède; la rage

Me redonne la force et double mon courage.

Alors vous avez pu goûter si j'étais bon

Pour autre chose encor qu'à vous faire un jambon ;

Vous comprîtes alors que d'être anthropophages,

C'est un crime que Dieu punit, ô bons sauvages!

Rien ne put résister au poids de mon courroux.

Je vous aurais vraiment, je crois, massacrés tous,

Si, prosternés, le front noyé dans la poussière,

Vous ne m'aviez crié : merci! Votre prière

Trouve enfin de l'écho dans mon cœur... j'étais las,

Vous assommer ainsi me fatiguait le bras.

En triomphe bientôt, le pied sur votre tête,

J'entrai sous une hutte et, par droit de conquête,

Sur vous, sur vos États, arbitre de vos sorts,

Je régnai. Mais pourtant je fis de vains efforts

Pour vous civiliser, ô brutes que vous êtes!

Vous ne voulûtes point adopter les fourchettes;

Vous ne connaissez pas encor d'autre appareil,

Pour manger le poisson, que la sauce au soleil;

Vos corps sont tatoués d'informes barbouillages,

Et toujours à vos nez pendent des coquillages.

Comme on fuit de prison, j'ai fui ma royauté.

Mais où mes souvenirs m'ont-ils donc emporté,

Lorsque je touche au port, quand je vois la chapelle

Où Lucie autrefois jura d'être fidèle?

Mon pied vous foule enfin, ô rivages chéris!

Je baise ton doux sol, terre de mon pays!

Qui verrais-je d'abord : ma sœur ou mon amie?

Mon cœur guide mes pas; je vais chez toi, Lucie!

III

— Qui frappe?—Moi!—Qui vous?— Ton Constant.— Quel Constant?

— Lucie, entends ma voix; oui, c'est moi, ton amant;

Moi qui vers toi reviens; moi qui, toujours fidèle,

Viens te jurer encore une ardeur éternelle.

Oh! viens, viens dans mes bras; oh! viens, viens sur mon cœur;

Ouvre! — (Quel est ce fou? cet homme me fait peur :

Je ne sais vraiment pas... quelqu'insensé sans doute;

Non, je n'ouvrirai point.) — Vous cherchez votre route?

— Eh! quoi? ton cœur encor ne m'a pas reconnu,

Moi qui, pour te revoir, de si loin revenu,

Bénis le doux moment qui vers toi me ramène?

Tu ne te souviens plus, ô Lucie, ô ma reine!

De ces serments d'amour que tu fis autrefoi

Au novice Constant, quand tu donnas ta foi?

As-tu donc oublié (souvenir plein de charmes!)

Que ton amant partit tout baigné de tes larmes?

Cet amant tant pleuré, Lucie, oui, le voilà;

Non, ce n'est pas un songe; oui, Lucie, il est là :

Il t'entend... le bonheur te suffoque peut-être;

Attends, je vais monter jusqu'à cette fenêtre :

Lucie, en un moment je serai dans tes bras...

— Ciel! arrêtez; de grâce, oh! ne le faites pas;

Que dirait mon époux? Dieu, je serais perdue!...

— Vous êtes mariée! ah! douleur qui me tue;

Eh quoi! vous avez donc, en faveur d'un époux,

Disposé de ce cœur qui n'était plus à vous,

Que vous m'aviez donné? Trop volage Lucie,

Je n'aurais cru jamais à tant de perfidie!

— Parlez bas, car j'entends la voix de mes enfants :

Mon cher monsieur, pourquoi tardiez-vous si longtemps?

C'est votre faute aussi. — C'est ma faute, madame;

Oui, vous avez raison : j'étais fou, sur mon âme...

4.

De grâce, dites-moi, quel âge a votre aîné ?

— Mais depuis quatorze ans Dieu me l'aura donné,

Quand viendra la moisson. — Voilà, certe, un bel âge !

Vous n'avez pas d'amour trop gardé le veuvage :

Jurer d'être fidèle « à toi, mort ou vivant, »

Signifie onze mois, pas tout à fait un an ;

Voilà ce qu'en français ce beau serment veut dire !

— Mais, par ma foi ! mon cher, vraiment je vous admire ;

A vous croire il faudrait n'avoir rien qu'un amant,

Et, s'il ne revient pas,... vieillir en l'attendant !

Mais, pour ajouter foi dans ces enfantillages,

D'où diable sortez-vous ? — Moi, de chez les sauvages.

— Croyez-moi donc, chez eux retournez de ce pas.

Et la fenêtre alors se ferme ; avec éclats

On rit ; et, du chemin, Constant entend le rire

Qui vient à son oreille éclater et bruire.

III

O rage ! voilà donc comme je suis reçu ;

Dans mon plus doux espoir me voilà donc déçu ;

Et par ma faute encor ! quoi, si j'ai fait naufrage,

C'est ma faute ! et si j'ai régné chez le sauvage,

Ma faute ! et, s'il ne m'a pas mangé tout à fait,

C'est encore ma faute! et c'est aussi mon fait,

Si je n'ai pas plus tôt regagné ma patrie!

Je ne le pouvais pas, — qu'importe! — et moi, Lucie,

Et moi qui te gardais tant d'or et de bijoux,

Et des perles à rendre un monarque jaloux!

Et bien plus qu'un trésor, un cœur tendre et fidèle...

Malheureux! que lui fait ta constance éternelle,

Elle s'en rit, s'en joue, et tu lui fais pitié.

Tu trembleras du moins sous mon inimitié,

Traître! ris maintenant du pauvre fou qui t'aime,

Tu trembleras bientôt. Dans ma fureur extrême,

Je saurai t'immoler à mon juste courroux.

Oui, je me vengerai de toi, de ton époux...

Mais pourquoi me venger?... en est-ce bien la peine?

Ce qui nous oublia ne vaut pas notre haine;

Son souvenir, couvert d'un éternel oubli,

Dans mon âme sera bientôt enseveli :

De même que son cœur sa figure est changée :

Ses charmes sont flétris. Quelle soif enragée

De la revoir, ici, m'a fait porter mes pas;

Adieu, Lucie, adieu! va, je ne t'en veux pas.

Fou que j'étais de croire à cet amour frivole,

Qui naît un beau matin et qui le soir s'envole.

Ah! parlez-moi plutôt de ces nœuds tout-puissants

Qui, pour toute la vie, unissent les parents :

De ce lien du sang qui, pour toute la vie,

L'un à l'autre, à jamais, les enchaîne et les lie ;

Que rien ne peut briser. Avoir du même sein

Reçu le jour ; avoir vécu du même pain ;

Avoir été bercé par une même mère,

Ne peut pas s'oublier : le reste, c'est chimère !

Le temps passe et bientôt, de son souffle cruel,

Éteint tous nos amours... hors l'amour fraternel.

Oh ! pardonne, ma sœur, à mon âme insensée,

De t'avoir, pour une autre, un moment délaissée ;

Que pour moi ton accueil sera bien différent ! »

Et chez sa sœur alors il s'en alla chantant :

> Femme varie
>
> Comme les vents :
>
> Fol qui se fie
>
> A ses serments.

> Amour de femme,
>
> Trompeuse flamme,
>
> Beau feu changeant,
>
> Toi qui t'allumes

Et te consumes.
En un moment.

Suave arome
Qui nous embaume,
Et que Zéphyr
Emporte, enlève,
Fait, comme un rève,
Évanouir !

Doux fil de soie
Qui se déploie
Sur le gazon ;
Qu'emporte l'aile
Agile et frêle
D'un papillon.

Beau sylphe rose
Qui se repose
Sur notre cœur,
Comme l'abeille
Blonde et vermeille
Sur une fleur !

Que l'on m'entraîne,

Que l'on m'enchaîne

Bien loin du jour,

Si de ma vie

En toi me fie,

Serment d'amour !

V

— Servez-moi, s'il vous plaît, du vin et du fromage.

N'avez-vous pas un frère à peu près de mon âge,

Qui se nomme Constant, qu'autrefois j'ai connu ?

Est-il toujours en mer ?... Serait-il revenu ?...

— Il m'en souvient encor ; c'est vrai, j'avais un frère ;

Oh ! je l'ai bien pleuré... six mois... douleur amère !

On a fait des récits bien cruels de sa mort :

Être mangé vivant, quel effroyable sort !

Jeté mourant et nu sur des côtes sauvages,

Il fut mangé, dit-on, par des anthropophages :

De son cruel destin que mon cœur a gémi !...

        — Il ne fut mangé qu'à demi !

En vain ta bonne âme le pleure,

Ma sœur, ton frère est près de toi :

C'est lui qui te parle à cette heure,
Constant, ô Suzanne, c'est moi !

Je vis et, sous la tombe noire,
La mort ne m'a pas endormi,
Et des sauvages la mâchoire
Ne m'a dévoré qu'à demi.

Car, quand je sentis la morsure
De ces vrais diables de l'enfer,
Et, sous la dent qui la torture,
Saigner les lambeaux de ma chair,

Il fallut me voir, ô Suzanne !
Un casse-tête entre les mains :
Samson et sa mâchoire d'âne,
Tuèrent moins de Philistins !

Par le vrai Dieu ! j'étais superbe ;
La fureur brillait dans mes yeux :
Les mangeurs tombaient comme l'herbe
Que coupe un faucheur vigoureux.

Depuis ce temps, chez les sauvages,
A mon grand regret, je régnai :

Et quand je pus de leurs rivages,
Avec bonheur, je m'éloignai.

Au ciel, Suzanne, rendons grâce;
Ma bonne sœur, viens dans mes bras :
Viens sur mon cœur que je t'embrasse...
— Monsieur, je ne vous connais pas !

Pourquoi venir, comme une bombe,
Me troubler ma tranquillité?
Avec ces récits d'outre-tombe,
Que me veut ce ressuscité?

Ah ! je comprends ; c'est l'héritage
De mon frère mort. Nous verrons
Si l'on vous en fera partage,
Vil imposteur, nous plaiderons.

Mon avocat, homme subtile,
Vous fera voir, en fort bon style,
Que vous subîtes le trépas;
Que votre histoire est fort suspecte.
Et qu'un mangé qui se respecte
Meurt, et surtout ne revient pas.

Sortez, ou craignez ma colère ;
Retirez-vous, fourbe, menteur !
Non, non, vous n'êtes pas mon frère...
— Hélas ! vous n'êtes plus ma sœur.

Gardez, gardez mon héritage,
Je n'en veux pas et je pourrais
De mon or payer ce village.
Adieu, Suzanne, pour jamais !

VI

Allons, retournons dans mon île,
Désabusé de mes erreurs ;
De mon pays l'oubli m'exile,
Et j'y suis mort dans tous les cœurs.

O vous qui dormez sous la pierre,
Dieu vous garde de revenir,
Ressuscitant de la poussière,
Car aucun cœur sur cette terre,
Excepté le cœur d'une mère,
Des morts ne garde souvenir !

J'irai sur ta tombe, ô ma mère !
Verser des larmes et des fleurs ;
Et puis je fuirai cette terre,
Monté sur un bon brick, corsaire
Bien muni d'excellents pointeurs.

De mon règne, dans leur démence
Si, meconnaissant les douceurs,
Mes sujets me font résistance,
A ces ingrats, dans ma clémence,
Je chargerai mes artilleurs,
D'enseigner la reconnaissance,
Douce mémoire des bons cœurs.

———

IRÈNE.

CHANSON.

Connaissez-vous la noble Irène,
La blanche fille aux cheveux d'or ?
Cette perle napolitaine,
C'est mon idole, c'est ma reine,
Ma maîtresse et mon doux trésor.

Oh ! combien j'ai langui pour elle.

Sous son balcon que j'ai de fois,

Pour fléchir son âme cruelle,

Versé, quand la nuit était belle,

Toutes les larmes de ma voix !

Elle est à moi ; seul, sur la terre.

Je baise ses pieds adorés ;

Dans sa demeure solitaire,

Moi seul je noie, avec mystère,

Ma main dans ses cheveux dorés !

Lorsqu'avec toi je me promène

Dans tes jardins silencieux,

Fleurs s'ouvrant dans la nuit sereine,

Les astres, pour te voir, Irène,

S'épanouissent radieux !

Dans l'oranger qui le parfume,

L'air en passant frémit plus doux ;

Et l'aigrette en feu qui s'allume

Au front du Vésuve qui fume

Brille comme un regard jaloux !

De mon bonheur, oui, je m'étonne;
Je l'admire, car maint amant
Riche et titré, par ma baronne,
Aussi fière qu'une matrone,
Fut dédaigné; moi cependant

Je suis de race plébéienne,
Mais au théâtre, où je suis roi,
Quand je chante, la salle pleine
Est suspendue à mon haleine,
Et ne respire que par moi !

Car ma voix magnifique, émue,
Dans l'âme de tout spectateur
Entre, pénètre, s'insinue,
Le plonge en extase et remue
Toutes les fibres de son cœur !

Gloire à toi, céleste harmonie,
A qui je dois tout mon bonheur :
De mon enchanteresse amie,
Sache toujours, ô voix chérie!
Ravir l'âme et toucher le cœur.

Des rois jalousés du vulgaire.

De leurs palais et de leur cour,

Moi je rirai, moi qui préfère

A tous les trônes de la terre

La couronne de son amour!

LES DEUX AMIS.

Quand elle (la France) tire l'épée, ce n'est
pas pour dominer, mais pour affranchir.

NAPOLÉON III.

I

Tous deux étaient enfants; ils avaient le même âge;

Ensemble ils habitaient dans le même village.

Leurs destins, toutefois, étaient bien différents :

Pierre était orphelin, Paul avait ses parents.

L'un était doux, chétif, mais d'humeur tapageuse;

Malheur à l'écolier dont la main malheureuse

Le frappait! car soudain, volant à son secours,

Pierre, robuste et fort, accourait, et toujours

Son bras à l'imprudent donnait les étrivières.

Si vous les aviez vus, vous eussiez dit deux frères,

Tant ils s'aimaient. Souvent ils partageaient leur pain ;

Quand Pierre avait dîné, Paul n'avait jamais faim :

On ne les appelait que les inséparables,

De vivre l'un sans l'autre ils semblaient incapables ;

Et lorsqu'on voyait Paul, Pierre n'était pas loin.

L'un ou l'autre savait, quand il était besoin,

Prendre de son ami sur soi la peccadille.

De Pierre l'orphelin Paul était la famille.

Deux frères autant qu'eux s'aiment bien rarement.

Leur enfance passa dans cet enchantement

Que donne au cœur sensible une amitié fidèle.

En vain le temps fuyait, car toujours même zèle

Les unissait. Pourtant il vient, ce triste jour

Qu'il faudra se quitter, car le bruit du tambour

Résonne, et nos amis, qu'un même âge rassemble,

Comme conscrits au sort doivent tirer ensemble.

C'en est fait ; tout est dit : le sort a prononcé.

Paul doit être soldat ; Pierre, favorisé

D'un très-haut numéro, peut rester au village.

Être ainsi séparés pour sept ans : quel dommage !

— « Encor si j'avais eu ce billet de malheur,

Disait Pierre ; cher Paul, oui, certes, de grand cœur

J'eusse servi soldat, moi qui n'ai plus de père ;

Mais toi, si tu partais, que deviendrait ta mère?

Non, cela vaut bien mieux; je t'en prie, et crois-moi,

Ne pleure plus, mon Paul, je partirai pour toi. »

Puis des pleurs, des sanglots, refus du sacrifice;

Paul ne voulait jamais que, faisant son service,

Pierre partît pour lui; mais, sublime imposteur,

Quand, le jour du départ, le sergent recruteur

Cria : Paul! son ami répond : Présent! Leurs larmes

Se mêlèrent longtemps. Pierre trouvait des charmes

A consoler encor Paul qui sanglote : — « Hélas!

Pierre, te reverrai-je? — Oh! oui, va, ne crains pas. »

Et serrements de mains, et longues embrassades;

Mais il fallut pourtant suivre les camarades;

Le signal du départ a mis fin aux adieux :

Paul s'en retourne en pleurs; Pierre part tout joyeux.

Pierre, qu'on nommait Paul, servait donc la patrie,

Quand éclate, soudain, la guerre d'Italie.

De notre bon ami le brave régiment

Est l'un de ceux auxquels on commande : En avant!

II

Quand une nation frappée

Crie et se lamente en ses fers,

La France aiguise son épée,

Et met son shako de travers;

Puis ses soldats ardents, terribles,

Se précipitent invincibles

Sur les oppresseurs éperdus :

Sur eux, ainsi qu'une avalanche,

Ils fondent, donnant leur revanche

Aux peuples qu'on croyait perdus !

Marche en avant! France guerrière,

Combats et triomphe en tout lieu;

Toi qui dois, pour toute la terre,

Accomplir les œuvres de Dieu!

Partout où son esprit t'emporte,

Marche, appelant de ta voix forte

Les peuples mis dans le tombeau :

« Ressuscitez à l'espérance,

L'aube de votre délivrance

Brille aux couleurs de mon drapeau ! »

Marche en avant! Ton chef est digne

De commander à tes soldats :

Le ciel, par une grâce insigne,

Lui-même dirigeant ses pas,

De l'éxil l'a mis sur le trône.
Sur son front posant la couronne
Qu'ambitionnait son grand cœur,
Sa main, intrépide et guerrière,
Essuyra la noble poussière
Du glaive de ton Empereur!

C'est lui que ta voix unanime
Vient d'élever sur le pavois;
Lui que, dans son orgueil sublime,
Ton peuple a proclamé trois fois.
Avec lui reprends l'héritage
Des mâles vertus d'un autre âge,
Lorsque tes soldats anoblis
Marchaient de victoire en victoire,
Et que, pour éclairer leur gloire,
Brillaient les soleils d'Austerlitz!

Tes fils sont dignes de leurs pères;
Aux plaines qu'illustra leur sang,
De leurs vertus héréditaires
Ils sauront reprendre le rang.
Ils ont, comme exemple sublime,
La vieille garde que décime

Le fer et le feu des combats,
Qui, devant l'Anglais qui l'admire,
Debout sur le champ du martyre,
Sait mourir et ne se rend pas [1].

Comme le soleil qui se lève
Chasse les ombres de la nuit,
France, lorsque tu ceins ton glaive.
Ta lumière partout te suit.
Porte aux extrémités du monde
De tes clartés l'ardeur féconde,
Que civiliser soit ta loi :
En Chine, au Mexique, en Syrie,
Parais : et que la barbarie
Fuie et recule devant toi !

France, tu fus prédestinée
A combattre et vaincre l'erreur ;
Toi, de l'Église fille aînée,
Toi son soldat et son vengeur.
En vain, rugissant de colère,

---

1. Quoi qu'en dise Victor Hugo dans *les Misérables*, l'auteur préfère la périphrase au mot propre,..... qui ne l'est pas.

Satan lui déclare la guerre,
Jurant de la mettre au tombeau :
Le ciel fait, pour dompter sa rage,
Comme l'éclair sort du nuage,
Jaillir ton glaive du fourreau !

Tel, vaincu par un faux prophète,
Le monde enchaîné se taisait,
Et, sous son joug courbant la tête,
Honteux déjà le subissait.
Déjà les fils du cimeterre
Se rêvaient maîtres de la terre,
Quand Charle, à la tête des Francs,
Se lève et, combattant leur foule,
Les abat, les brise, les foule
Vaincus sous ses pieds triomphants !

Et quand une troupe rebelle
Chassa son doux père et seigneur
De Rome, la ville éternelle,
France, tu rugis de douleur :
« Malheur à la race adultère,
Malheur à qui touche à ma mère
Dans son chef suprême, malheur !

L'épouse du Christ est divine,

Et sa foi vit dans ma poitrine,

Et son saint amour dans mon cœur! »

Puis, fondant sur la tourbe impie,

Tu la repoussas de ton pied,

Et replaças l'auguste Pie

Sur son trône pacifié.

Et, depuis dix ans, tu le gardes,

A son palais montant tes gardes...

« Sans crainte des loups, bon pasteur,

Veillé par le ciel et la France,

Paissez en paix, dans l'abondance,

Le troupeau béni du Seigneur! »

Tes fils sont fils de Charlemagne

Et des croisés aventureux :

Quand il faut entrer en campagne,

Ils se montrent braves comme eux.

France, lorsque ta main crispée

Serre la garde d'une épée,

Ils se portent au premier rang :

Ils ont, pour les malheurs augustes,

Et pour toutes les causes justes,

De l'or, des armes et du sang!

Marche en avant, France puissante,

Partout où l'on verse des pleurs,

Roule ton onde bienfaisante

Et tes flots civilisateurs.

Que tout opprimé te bénisse,

Que sous tes pas le sol fleurisse,

Féconde sa stérilité,

Courbe les tyrans sous ta lance,

Et conquières, par ta vaillance,

Le bonheur de l'humanité!...

III

Pierre écrivit à Paul : « Sois fier de mes exploits :

A Magenta, mon cher, je t'ai gagné la croix.

Dans Milan, l'autre jour, quand vainqueurs nous entrâmes,

Les fleurs, à pleines mains, pleuvaient sur nous, les dames

Nous criaient des vivats! à nous en étourdir :

Quel beau jour! quel triomphe! et quel noble plaisir

D'être acclamé d'un peuple esclave dont la France

De son sang généreux paya la délivrance!

Toutes les voix criaient : et les coups du canon
Portaient au ciel leur cri : Vive Napoléon !
Notre entrée à Milan fut certes triomphale ;
Je n'ai pu pénétrer jusqu'à la cathédrale,
Je le regrette. » Nous, nous le pouvons d'ici :
Entrons, si ça vous plaît ; — passez : — nous y voici.

Pour célébrer le Dieu qui donna la victoire,
Le temple retentit de l'hymne de la gloire :
Et les voix, alternant avec l'orgue pieux,
Disent du *Te Deum* le chant majestueux.

« Nous vous louons, ô Dieu ! nous vous confessons maître
De tout ce qui vécut, qui vit et qui doit naître ;
Le monde entier dans vous révère son Seigneur.
Les anges et des cieux les puissances en chœur.
Chérubins, Séraphins, aux ailes enflammées,
Chantent incessamment : Gloire au Dieu des armées !
Trois fois saint le Seigneur ! De toute éternité
Terre et cieux sont remplis de votre majesté.
Des apôtres sacrés la troupe glorieuse,
Des prophètes divins la foule radieuse,
Les bataillons épars des martyrs triomphants,
Joignent pour vous louer et leurs voix et leurs chants.

Dans l'univers entier l'Église vous adore :

Et toi, qui de son sein sortis avant l'aurore,

Fils unique du Père, ô Jésus vénéré!

L'Esprit saint avec vous partout est adoré,

L'Esprit consolateur, ô Christ! ô roi de gloire!

Fils éternel du Père, ah! qui l'aurait pu croire?

Pour nous sauver, un jour, de notre humanité

Tu voilas les splendeurs de ta divinité;

Dans le sein glorieux de la Vierge Marie

Tu daignas de descendre, et, l'auteur de la vie.

En brisant de la mort l'aiguillon odieux,

Tu rouvris aux croyants les royaumes des cieux.

A la droite de Dieu, dans la gloire du Père,

Tu résides. Un jour tu jugeras la terre.

Pitié, Seigneur, pour ceux qui croient en ton saint nom,

Et dont ton sang divin racheta le pardon;

Fais que nous soyons tous, dans ta gloire éternelle,

Comptés parmi tes saints; que ton peuple fidèle

Soit sauvé par ta grâce, et bénis tes enfants;

Pendant l'éternité rends-les tous triomphants.

Chaque jour, ô mon Dieu! nous bénissons ta gloire,

Maintenant, à jamais, nous louons ta mémoire;

Du péché, dans ce jour, daigne-nous garder tous :

Ayez pitié, Seigneur, ayez pitié de nous!

Verse-nous ton pardon selon notre espérance :
Mon espoir est en toi, dans toi ma confiance ;
Ton sang n'a pas été vainement répandu,
Et je ne serai pas à jamais confondu. »
Mais les morts, mais les morts, les martyrs de la gloire,
Ceux-là qui de leur sang ont payé la victoire,
Ne les oublions pas : que vaincus et vainqueurs
Se reposent en paix de leurs sanglants labeurs.
Prions, afin que Dieu regarde sans colère
Ceux qui, dans la bataille, ont mordu la poussière ;
Afin que tout soldat, frappé d'un coup mortel,
Ressuscité respire en son sein paternel.
Prions pour les héros du devoir militaire
Qu'en la fleur de leurs ans a moissonnés la guerre,
Afin que tant de morts immortels, glorieux,
Sur la terre ennemis s'embrassent dans les cieux !

Chants de fête, cessez, toi, lugubre cantique,
De tes gémissements remplis la basilique.

Ce jour affreux, jour de colère,
De la croix montrant la bannière,
Réduira le siècle en poussière.

Quelle sera notre terreur,
Quand viendra le juge vengeur
Qui de tous doit scruter le cœur!

Au son bruyant de la trompette,
La tombe rend ses morts et jette
Devant Dieu leur foule muette.

La mort même s'étonnera,
Quand l'homme ressuscitera,
Puis à son juge répondra.

Entre les mains de l'Éternel
Brillera le livre immortel
Qui doit nous juger sans appel.

Quand donc le juge s'assoira,
Tout crime caché paraîtra,
Rien impuni ne restera.

Infortuné, qu'alors dirai-je?
Quel protecteur invoquerai-je?
Le juste tremble; que ferai-je?

O redoutable Majesté !
Qui sauvez par gratuité,
Sauvez-moi, source de bonté !

Pour mon salut, Jésus pieux,
Vous êtes descendu des cieux ;
Sauvez-moi dans ce jour affreux !

Vous avez fatigué vos pas
Me cherchant, souffert le trépas
Pour moi : qu'en vain ce ne soit pas !

Vous qui punissez justement,
Pardonnez mon égarement
Avant le jour du jugement.

Je gémis, le remords m'accable ;
L'horreur courbe mon front coupable :
Ne me soyez pas implacable !

La pécheresse eut son pardon ;
Vous exauçâtes le larron,
J'espère aussi dans votre nom.

Bien qu'indigne d'être écouté,
De l'enfer, par votre bonté,
Sauvez-moi pour l'éternité !

Mettez-moi parmi vos brebis,
Séparez-moi des boucs maudits,
Placez-moi dans le paradis.

Sauvez-moi des feux dévolus
Aux damnés maudits, confondus,
Nommez-moi parmi vos élus.

Le cœur brisé, je vous en prie,
Veillez sur moi, je vous supplie,
Lorsque je quitterai la vie.

O jour de larmes ! jour cruel,
Où viendra l'homme criminel,
Aux pieds de son juge éternel !

Donnez aux morts, Dieu de bonté,
Le repos pour l'éternité !

Mais la prière, au ciel, s'envole plus fervente,
Comme un encens nouveau jeté dans l'urne ardente.

« Seigneur, entends la voix qui de nos cœurs s'élance :

     Exauce-nous, Seigneur!

Nous t'invoquons, ô Dieu! Protége notre France,

     Garde notre Empereur!

Fais, sur son ennemi, qu'il règne et qu'il domine;

     Qu'il lui dicte sa loi;

Que devant lui le monde et se taise et s'incline

     Comme lui devant toi!

Éloigne de son sein les périls, l'injustice,

     Sois son céleste appui :

O maître souverain! que le mal et le vice

     N'approchent pas de lui,

Afin qu'au jour marqué, Seigneur, dans ta mémoire,

     Au nombre des élus,

Il s'élève vers toi, comblé d'ans et de gloire,

     Et riche de vertus!

IV

O muse des combats, muse du vieil Homère,

Que ne puis-je, embouchant la trompette guerrière,

Dignement célébrer, avec ta grande voix,

De nos soldats vaillants la gloire et les exploits !

Hélas ! pourquoi ne puis-je, en vers impérissables,

Dire à Solferino leurs hauts faits mémorables :

Les zouaves, courant sur les canons ardents

Comme après des frelons des enfants imprudents ;

L'agile fantassin tenant, d'une main sûre,

La baïonnette aiguë à l'atroce morsure ;

Les chasseurs africains sans reproche et sans peur ;

Les cuirassiers pesants, le terrible artilleur

Qui garde dans ses mains les foudres de la guerre,

Et du bruit de leurs coups fait tressaillir la terre ;

Qui dirige l'obus, la bombe dans son vol,

Le boulet, dont la course ensanglante le sol,

Et qui, de ses canons tout gorgés de mitrailles,

Des bataillons épais dévore les entrailles ;

Et la garde, et les chefs ; et, sur son cheval blanc,

L'Empereur impassible, assis au premier rang,

Qui donne à tous les corps l'impulsion, la vie,

Dirige des Français l'indomptable furie,

Dit les endroits qu'il faut attaquer, secourir :

César qu'acclament ceux qui vont vaincre ou mourir !

Mais, ô fille de l'air, ma muse, humble colombe,

En des desseins trop hauts, insensé qui succombe !

O colombe timide, amante des ruisseaux,

Qui te plais aux doux bruits de la brise et des eaux;

Toi qui peux murmurer de ta voix langoureuse

Les doux gémissements d'une plainte amoureuse,

Ne va pas, imitant l'aigle au vol assuré,

Brûler aux feux du ciel ton plumage azuré!

Seul à l'aigle appartient de ravir le tonnerre,

De l'emporter captif et grondant sous sa serre;

Mais toi, crains des éclairs les feux trop dévorants,

De peur que tes regards, éblouis et mourants,

Une dernière fois, sur la forêt aimée,

Ne tombent à regret, et puis qu'inanimée

Tu ne roules du ciel à terre où, sans pitié,

Le passant se rirait de l'oiseau foudroyé!...

V

Mais Pierre, où donc est-il?... que fait le soldat Pierre?

Avec ses compagnons il combat, et la guerre

Semble écarter ses coups de son sein valeureux,

Quand soudain, ô douleur! ami trop généreux,

De son sang inondé, chancelant il succombe;

Sa tête en pâlissant sur son épaule tombe.

Tel un bluet des champs que le soc a touché

Languit, et vers le sol courbe son front penché.

Aux lieux où le combat s'acharne plein de rage,

Ainsi que Romulus, ravi dans un orage,

Il disparaît. Gémis, pleure, sainte amitié,

Il n'est plus, ton héros. O regrets! ô pitié!...

Arrose de tes pleurs, amitié tutélaire,

Son corps inanimé, victime volontaire;

Palmes du dévoûment, vous, lauriers glorieux,

Couronnez dans la mort son front victorieux.

Quand vient de ce trépas la nouvelle au village :

« Paul est mort à l'armée, » annonce le message.

Paul est mort! Quelle erreur! il est fort bien portant.

A l'armée? et jamais il n'y parut pourtant.

Cette nouvelle, certe, est fausse et bien trompeuse.

Alors on découvrit cette fraude pieuse

De nos amis, et Paul, le vrai Paul, cette foi,

Comme qualifié d'insoumis à la loi,

Par devant le conseil de guerre va paraître.

A-t-il de bons moyens à présenter?... Peut-être.

Il a pris pour conseil un adroit défenseur,

Qui, ses bonnes raisons, les trouve dans son cœur.

Sans phrase, simplement, il émut l'auditoire;

De nos deux chers amis il raconta l'histoire;

Il fut simple, il fut vrai, ce qui charme toujours.

Je voudrais bien pouvoir redire son discours,

Car il fut éloquent, adroit et pathétique,

Pleura sur Pierre mort, fit son panégyrique,

Jusqu'au sublime sut s'élever sans effort :

Mais le sublime, hélas! ne fut jamais mon fort.

De savoir Paul absous que cela vous contente;

Refaire un beau discours est une œuvre imprudente :

Donc, si vous m'en croyez, avec juste raison,

Nous nous en tiendrons tous à la péroraison...

    « Payant la dette à la patrie,

    En combattant notre ennemi,

    Un autre, aux champs de l'Italie,

    S'est immolé pour cet ami.

    Devant la loi, bien que coupable,

    Qu'il soit absous : il fut capable

    D'avoir un ami généreux

    Dont la mort rachète son crime,

    Et de ce dévoûment sublime

    L'exemple n'est pas dangereux. »

COSAQUES, A CHEVAL!

Quand un cosaque affreux, que sa rage transporte,
Viole Varsovie échevelée et morte...

VICTOR HUGO.

« Cosaques, à cheval! la Pologne remue;

Cette fois, pour toujours, qu'on l'égorge et la tue!

Elle a, de son linceul encor se dépouillant,

Osé montrer au jour son fantôme insolent!

Son cœur n'est pas éteint. Que le fer et la flamme,

Le dévorent. Allez, dans le sang de l'infâme,

Rebelle à votre czar, obstinée en sa foi,

Baignez-vous, je le veux; notre ordre, c'est la loi;

Et c'est notre ordre à nous, votre Seigneur suprême,

Qu'on replonge au cercueil ce spectre errant et blême. »

O nation martyre, ô Pologne immolée!

. . . . mise en croix et volée;

Toi dont ils ont tiré les vêtements au sort,

Ne pourras-tu jamais triompher de ta mort?

Quoi! nul ne s'armera pour prendre ta défense?

Quoi, nul peuple, jamais, nul, pas même la France,

6

La France à qui pourtant pèse, comme un remord,
D'avoir vu, l'arme au bras, ton supplice et ta mort !

« Seigneur, nous t'implorons pour ce peuple qui tombe
Et combat pour la foi que te garde son cœur ;
Ne permets pas, ô Dieu ! qu'en nos jours il succombe.
        Sois son libérateur !

Par les vieillards meurtris, les vierges profanées,
Au nom de tout le sang indignement versé :
Au nom des enfants, fleurs par le fer moissonnées.
        D'un regard courroucé

Vois l'opresseur impie et sa rage farouche ;
Aux tiens donne la force et le cœur des lions :
Et de tes ennemis, d'un souffle de ta bouche,
        Chasse les bataillons !

Pour que l'impie apprenne à craindre ta colère,
A courber devant toi son front moins orgueilleux,
Et que tu sais briser les maîtres de la terre,
        Toi, le maître des cieux ! »

Mars 1863.

NUNC DIMITTIS.

Tibi !

I

Jésus était enfant : sa mère, Vierge sainte,
Du temple de Sion avait franchi l'enceinte.
L'apportant, pour qu'il fût au Seigneur consacré,
Ainsi qu'il est écrit dans le livre sacré
De la loi de Moïse. Une foule nombreuse,
Se pressant vers l'autel, recueillie et pieuse,
Inondait de ses flots le parvis du saint lieu :
Le vieillard Siméon, un juste craignant Dieu,
Conduit par l'Esprit saint, se trouvait dans le temple.
Lorsque l'Enfant paraît, muet, il le contemple
(Il lui fut révélé qu'il aurait le bonheur
De voir, avant sa mort, le Christ, fils du Seigneur) :
Lorsque l'Enfant paraît, muet, il l'examine ;
Ses yeux brillent de joie, et son front s'illumine :
Il prend l'Enfant Jésus dans ses tremblantes mains,
Sa bouche, avec amour, baise ses pieds divins :
Et puis son bras ravi mollement le soulève.

Au-dessus de la foule il le porte, il l'élève,
Pour qu'il soit contemplé par elle, et l'Esprit saint
Fait déborder à flots l'extase de son sein,
Qui ne peut contenir cette bonne nouvelle
Qu'à son cœur enivré l'Esprit divin révèle :

II

« Maintenant congédie, en paix, ton serviteur,
Puisque, ô mon Dieu ! ses yeux ont vu notre Sauveur.
Le Verbe tout-puissant, lumière de lumière ;
Puisque ses bras mortels ont bien pu soutenir
Celui que l'univers ne saurait contenir,
   Le Roi du ciel et de la terre !

Divin Agneau de Dieu, Jésus, petit enfant,
Que le ciel a prédit dès le commencement,
Écrasant du démon, du pied, la tête immonde ;
Toi que chante à l'envi des prophètes le chœur ;
Toi, du saint roi David le fils et le Seigneur :
   Petit enfant, Sauveur du monde !

Toi qui, du haut du ciel, dans ce sein virginal
Es descendu pour nous, et pour vaincre le mal ;

Toi qui, de Dieu, t'assieds dans les splendeurs suprêmes,
Qui pourrait être aveugle à ta divinité
Qu'enseigne l'Esprit saint ? Soleil dont la clarté
   Éblouit les démons eux-mêmes ?

O gloire d'Israël, espoir des nations,
Des célestes clartés verse-nous les rayons,
Illumine la nuit qui couvre cette terre,
Jusqu'au jour où tu dois, expiant nos erreurs,
Boire dans ton chemin au torrent des douleurs,
   Victime auguste et volontaire !

III

C'est lui, c'est la divine hostie
Qui, revêtant un corps mortel,
Nous rachète et réconcilie,
L'homme coupable avec le ciel.
C'est le maître de la nature
Qui, d'un mot, calme le murmure
Des flots courroucés de la mer :
Le Verbe, devant qui tout ploie,
Et qui fait Satan, qu'il foudroie,
Tomber du ciel comme l'éclair !

Il prend pitié de nos misères,
De l'aveugle il ouvre les yeux;
Ses mains saintes et salutaires
Guérissent les sourds, les lépreux.
Lorsque sa voix gronde irritée,
La mort s'enfuit épouvantée;
Miracle sublime, nouveau,
Qu'émerveillé le peuple admire :
« Levez-vous, fille de Jaïre;
Lazare, sors de ton tombeau ! »

C'est lui, le doux Sauveur des âmes,
Par qui les péchés sont remis;
Des enfers les jalouses flammes
Et les démons lui sont soumis.
La gloire céleste couronne
Son front lumineux qui rayonne
Sur les sommets du mont Thabor :
Dieu dit : (où peut-être le doute ?)
« C'est mon Fils, il faut qu'on l'écoute : »
— Parlez, Seigneur, parlez encor !

Pour que la foule soit nourrie,
De tous ceux qui suivent ses pas.

Sa main bénit et multiplie
Le pain qu'elle a pour son repas.
Bientôt, dans sa bonté suprême,
Pour nourriture c'est lui-même
Qu'en un banquet mystérieux
Il donne à l'homme misérable :
Lui-même ! sa chair adorable...
Pain vivant descendu des cieux !

Le front perdu dans la poussière,
Mon Dieu, j'adore prosterné
Un aussi sublime mystère :
Le pain du ciel nous est donné !
Eh quoi ! l'homme s'assied et mange
A la table même de l'ange ?
Exilé du céleste port,
Il boit le vin de sa patrie,
Il se nourrit du pain de vie,
Du pain qui garde de la mort !

Sion, tressaille d'allégresse,
Il s'avance, ton Seigneur roi,
Sur le petit d'une humble ânesse,
O ville ! il s'approche de toi.

Viens, que ton peuple l'environne,

Et que dans sa bouche résonne

De l'hosanna le cri vainqueur :

Dépouille-toi de ta parure,

Sème d'habits et de verdure

La route où passe ton Sauveur !

IV

Mais l'enfer a vaincu, pour un moment : silence !

La troupe des soldats, à pas comptés, s'avance.

Un disciple, un Judas, traître vil, odieux,

A trahi son Seigneur par un baiser hideux ;

Un autre, par trois fois, glacé par l'épouvante,

Hélas ! l'a renié de peur d'une servante !

Et les enfers ont ri, voyant les hommes las

De ses bienfaits, à Dieu préférer... Barabbas !

Et ce juge qui tremble en rendant la justice

L'avouer innocent, puis, afin qu'il périsse,

Le confier aux mains d'un peuple furieux

Qui ne sait ce qu'il fait... O mort, ferme mes yeux

Avant qu'ils voient, Seigneur, votre divin visage,

Souffleté, tout couvert de crachats, et la rage

De vos bourreaux faisant de votre corps sacré
Une sanglante plaie, ô Dieu défiguré !
Et vous, Vierge Marie, et vous, sa sainte Mère,
Ainsi qu'un glaive aigu, quelle douleur amère
Doit percer votre sein, quand vous voyez ce Fils
Dans l'état odieux où le péché l'a mis ;
Quand, du pied de la croix où mourant il expire,
Vous l'entendez se plaindre et, dans son dur martyre,
S'écrier vers son Père, un moment éloigné :
Mon Dieu ! mon Dieu ! pourquoi m'avoir abandonné ?

C'en est fait, merveille adorable,
L'Agneau vient de briser nos fers :
En payant pour l'homme coupable
Le juste a vaincu les enfers.
Grands du monde, vous pouvez faire
Du sépulcre sceller la pierre,
Poser vos gardes alentour,
Non, que du Roi de la nature,
Le corps divin et sans souillure,
Ne revive au troisième jour ! »

V

Ainsi du saint vieillard la parole inspirée
Déroulait du Sauveur l'existence sacrée :
Le peuple l'écoutait attentif, suspendu
A sa voix révélant le Messie attendu ;
Et quand l'Enfant partit dans les bras de sa mère,
La foule, à flots pressés, coulant du sanctuaire,
Accompagna ses pas au sortir du saint lieu,
En chantant : Hosanna ! gloire à Dieu, gloire à Dieu !

Gloire à Dieu ! que ces mots terminent cet ouvrage ;
Qui craint le Seigneur Dieu seul est prudent et sage ;
Que partout et toujours ce cri soit répété :
Gloire à Dieu dans le temps et dans l'éternité !

TABLE.

PARIS. — IMPRIMERIE DE J. CLAYE, RUE SAINT-BENOIT, 7.

www.ingramcontent.com/pod-product-compliance
Lightning Source LLC
Chambersburg PA
CBHW060828250626
47162CB00005B/1990